U0633047

回甘

吴睿 著

海峡出版发行集团

海峡文艺出版社

图书在版编目(CIP)数据

5
回甘/吴睿著. 一福州:海峡文艺出版社,2025.
ISBN 978-7-5550-4080-4

Ⅰ.I227.7

中国国家版本馆 CIP 数据核字第 2025Q8B525 号

回甘

吴　睿　著

出 版 人	林　滨
责任编辑	蓝铃松
助理编辑	吴飚茉
出版发行	海峡文艺出版社
经　　销	福建新华发行(集团)有限责任公司
社　　址	福州市东水路 76 号 14 层
发 行 部	0591－87536797
印　　刷	福建新华联合印务集团有限公司
厂　　址	福州市晋安区福兴大道 42 号
开　　本	850 毫米×1168 毫米　1/32
字　　数	100 千字
印　　张	6.5
版　　次	2025 年 5 月第 1 版
印　　次	2025 年 5 月第 1 次印刷
书　　号	ISBN 978-7-5550-4080-4
定　　价	39.00 元

如发现印装质量问题,请寄承印厂调换

自　序

生活，像一杯茶。

唯有由表及里地积淀，方能由内而外地散发。

对生活的感知、感受、感悟，恰似品茗。

苦尽甘来，也许是最好的吧？

辛卯年四月廿八日回到福州，走进屏山大院。己亥本命年，来到尤溪洲畔。乙巳年贱辰，蓦然回首，往事涌上心头。我的心里啊，记得所有的好！

快乐不快乐，瞒得过别人，骗不了自己。

这些年，将初心燃成一丛篝火，照亮前行的路，走得更坚定，过得更充实。

这些年，把该干的活干好，把能办的事办妥，把想写的诗写爽，仿佛回到了年轻时代。

这些年，内心既空灵又充盈，自在欢喜。

也许，这就是"回甘"吧。

感谢家人和好友的厚爱。感谢叶老哥第三次为拙作题写书名。

记住所有的好吧。感恩所有的一切。

有一种好，叫一直很好。

乙巳年四月初四于上江原小筑

目　录

甘在家园暖

甘在韶光美

甘在兰襟好

甘在仙芽妙

甘在吟怀畅

甘在风情雅

甘在行晖壮

甘在联花灿

甘在心城净

甘在家园暖

甜蜜蜜

嘉年安且吉，肇启听幽律。
试茗畅晴襟，拈花馨陋室。
文铺雪浪笺，墨戏江淹笔。
初愿寄春韶，诗心甜蜜蜜。

左海筑个家

小筑翻修喜落成，鹊音流啭入轩楹。
帘朱撷自三原色，墙白融为一片晴。
桂月依依琴几净，兰釭漾漾琐窗明。
高堂怡怿妻儿笑，别样温馨共此情。

筑梦上江原

今朝圆美梦，新筑上江原。
翠岫成双抱，涟波绕四垣。
南飔穿蝶径，霁月入琴轩。
脆啭迎清旭，云雾落竹藩。
窗明花弄影，几净墨留痕。
莞尔尤恬适，悠然远世喧。
齐眉酬爱侣，绕膝慰椿萱。
应赋晴偏好，欢吟出小园。

行香子·上江原小筑

小筑临江，几面晴窗。
倚雕栏轻撷韶光。
暮归缱绻，晨步徜徉。
得一帘风，一襟月，一篱芳。

茶香泉沸，情扬诗涌，
半酣时又满奚囊。
问安椿舍，绕膝萱堂。
愿明儿嘉，今儿畅，昨儿忘。

贺家慈寿

母道自真淳，康和近八旬。
恬夷知燕语，粹善得鸥驯。
天赐皆如意，良园总是春。
儿孙时绕膝，幸福一家人。

献给亲爱的妈妈

梅夏绿尤繁，南飔入绮园。
茶炊馨暖席，花影曳东轩。
螺墨融清趣，苔笺识玉温。
晴曦十分好，堪撷赠仙萱。

万里春 · 贺家严寿

三山踏翠。别有空明天气。
撷缃花、淡淡幽芳，叹怀襟已醉。
养老尤修志。晚晴好、子孙成器。
乐融融、小筑良园，赞年华真美。

父爱如山

一双赤脚出寒门，从仕清勤蕴善根。
俯仰之间存大爱，更将正道示儿孙。

贺老爸老妈喜迎翡翠婚

双亲康适乐眉轩，胜日欣逢翡翠婚。
五十五年相执手，三熏三沐蕴英媛。
真源履践成丰业，嘉训心传诲子孙。
可待期颐听鹊报，再开仙酝醉良园。

鹊　喜

春风有意驻良园，同庆双亲翡翠婚。
萱室柔仁多后福，椿庭明训去尘根。
阖家安健尤和美，一脉赓传自鹊原。
恰恰鹊来衔妙喜，慕叹吴府胜桃源。

临江仙·赠爱妻

我信缘分天注定，潭城当日相逢。
惊鸿一瞥慕韶容。
恰如泉冽冽，何似月溶溶？

牵手无悔三十载，此情依旧浓浓。
画眉还与少时同。
柔肠千百转，尽在不言中。

临江仙引·三十年

卅载，牵手，多少事，怎能忘？
侣行此刻回望。
暖席颜如玉，绮窗影成双。
粥桴虎女，绕膝侍亲，不意懿媺扬。

卿卿听吾心里话，今生旅伴还长。
苦茗涵甘韵，越梅惜清香。
相知互信共拥，一起醉向斜阳。

鹧鸪天·三十年

卅载悠悠蕴至情。戚欣萦系在卿卿。
拈花弄影浮双蕊，举案含姿尽美成。
知冷暖，共阴晴。画眉叹笑墨尤轻。
彩云追月堪为伴，执手今生望远行。

花前饮·赠贤妻以庆芳辰

一眸惊美已醒醉。
自忻慕，堪为吾妻。
秀外尤慧中，意胜雪、言如卉。

卅载相濡不曾悔。
历风雨，犹添交志。
只想心贴心，这辈子、爱在睿。

南乡一剪梅·真的很在乎

初霁碧空晴。耀炫霓虹不夜城。
欲敞春襟吟小赋，风也含情，月也含情。

何以慰生平？但有卿卿笑靥馨。
彼此心中多少爱，今日分明，来日分明。

爱的世界只有你

卅载鸾交愿白头，两情相许已无由。
镜前眉语颜如雪，窗畔低偎月似钩。
衾簟尤馨萦好梦，瓢箪何暖解千愁。
见卿一笑春风醉，心铁浑成绕指柔。

爱的路上千万里

卅年执手同行，一路无论雨晴。
春日柔条写意，秋宵圆月多情。
蜗居梅粥尤暖，琴枕欢言半醒。
真爱何曾有改？此心都在卿卿。

心共春风自在飘

此刻题襟胜涌潮，与卿相拥醉今宵。
鬓如碧筱浮疏影，眸似清波映玉娇。
蝴蝶梦中欣拾翠，凤凰台上忆吹箫。
花笺有尽诗无尽，心共春风自在飘。

陪寒荆选购冬衣

换季选新衣，佳时岂可违？
霓裳浮鬓影，絮袄显腰围。
浅笑如云淡，冰颜似雪霏。
归途风乍起，侬我两依依。

看拙荆试新衣

冬装选购恰新鲜，一样柔娴百样妍。
醉暖心尖何用酒？伊人浅笑我飘然。

看荆布缝衣扣感吟

翻出棉衣御孟冬，谁知纽扣要重缝。
纵然手拙何愁也？引线穿针我有侬。

人在潭州心在莲城

霜秋未远复凝冬，遥想吾儿爱满胸。
只道烹茶愁可解，谁知思念比茶浓。

如梦令·惜别

春晓寒烟凝冻。汽笛几声催动。
乖女又兼行，心底浪愁奔涌。
珍重。珍重。风里雨中相送。

长相思·思儿

楚水流。楚云流。
流到榕城梦里头。心成绕指柔。
爱悠悠。念悠悠。
但愿吾儿无客愁。早些回福州。

中秋思儿

霜飔不语夜初凉，桂兔凝颦望楚冈。
只道中秋须月满，谁知一角挂潇湘。

平安夜接吾儿微信感怀

相思浓处怯凭栏，但见霜风也慨叹。
欣慰茉儿真懂事，平安夜里报平安。

盼团圆

遥思爱女又无眠，千里湘江望欲穿。
如许霜寒笺上落，几多诗意烛中燃。
归期将至尤倏尔，微信飞来自咥然。
更待融融除夕夜，一觞一咏庆团圆。

南乡一剪梅·接站

寒暖两心知。正是潇湘酷暑时。
万水千山情不断，朝也相思，暮也相思。
今夜动车驰。虎女披星戴月回。
迸涌胸中多少爱，心在翩飞，歌在翩飞。

寄望吾儿

朝辞岳麓彩云间，一叶征篷过楚关。
雨读晴耕歌璧水，求经问业笑韶山。
回眸客旅三秋令，再见浏阳九道弯。
四载光阴无惰废，东君万里伴儿还。

爱女爱婿结婚志喜

陈情实在温柔，展笑何曾有愁？
飔畅屏山月霁，茉馨左海云流。
结缘一世无悔，婚耦三生白头。
志在晴空比翼，喜期共醉觥酬。

好女儿·祝爱女爱婿幸福美满

一

展骥共清飔。恰执手相知。
大好姻缘成合，美酒庆嘉期。
长路且方驰。一百载、举案齐眉。
春光来贺，秋声道喜，醉赋新诗。

二

展翼伴轻飔。嘉景美如诗。
趁此韶光大好，轩奋正当时。
撰辑荟高辞。笔落处、多有佳思。
心潜文艺，名标海峡，怎不称奇？

三

展笑对晴飔。大美此心知。
又是镂金铺翠，融畅恰芳时。
父母赋新词。愿只愿、乐湑吾儿。
春来花好，秋来月霁，喜上芝眉。

凤凰台上忆吹箫·祝福吾儿

时忆当初，戊寅岁末，呱呱落地良园。
十八载、书香沁润，亭育英嫒。
负笈潇湘苦读，归故里、恰好韶年。
尤文艺，海峡辑刊，绣梓佳篇。

壬寅又开美景，回眸处，一根红线相牵。
老榕下、春风作证，花月姻缘。
千里晴飔飞骥，今展望、应是平川。
他和我，护你一世周全。

贺爱女爱婿乔迁

新巢喜落成，鹊报入轩楹。
净丽清欢蕴，高眠绮梦萦。
齐眉千样好，对笑万般情。
并辔尤望远，心空总是晴。

贺家妹乔迁

欣叹梅月新晴，但看飞花满城。
小筑云歌自在，雅轩偃月分明。
安平最是良贵，知足何须衍盈？
孚感如斯孟乐，长吟一畅衷情。

思念泰山泰水

何堪苦雨又清明，一瓣心香祭冢茔。
思念绵长风里叹，音容宛在梦中萦。
寒云隐戚徘徊意，素蕊衔哀哽咽声。
怀感亲恩焉弭忘，年年此日到延平。

癸卯立春天赐良园阖家欢聚

此处春先到，新英正斗芳。
花筵丰且美，欢咏慨而慷。
青室藏边笥，行庖有廪粮。
儿孙传雅训，应是桂枝郎。

心安无处不桃源

明月照篱垣，清风入竹轩。
心安无甚事，何处不桃源？

甘在昭光美

汉宫春·癸卯春来

万里春归，看屏山上下，风飒云流。
原来燕儿旧识，翩入书楼。
檐花带雨，柳依依、实在温柔。
如是景、何其难得？唯将好句相酬。

宛首十年如梦，慨书生意气，墨染春秋。
时叹老茶正好，澹澹香浮。
甘回苦忆，且高吟、独立洲头。
明月在、堪为知己，问君夫复何求？

好事近·癸卯春回

春影又相邀，犹送一襟花雨。
共品半壶新茗，爱天然诗绪。
群峰吐翠水粼粼，轻飔探芳圃。
再展杏笺千尺，任醉毫来去。

正月正

诗融美酝出篱垣，醉了春元醉上元。
意寄东风邀旅燕，归来应识旧家门。

立 春

前宵酥雨洗轻愁，此刻韶光分外柔。
欲撷锦云三万匹，春风可否共登楼？

步韵杜牧之江南春

万丛轻翠拥柔红，一带晴眉揽曙风。
默叹芳华千百遍，与春相对不言中。

春　晨

檐花未醒鸟先喧，酥雨闲庭更绿繁。
想是东风曾到访，吟笺淡淡有春痕。

春夜吟

轻拈兰炷恰氤氲，静砌敲吟远琐闻。
春月此时多倦致，可赊清韵两三分？

春日倚窗

春风返故园，百啭恰篱喧。
古墨融新雨，笺藤弄晏温。
花开颜色好，竹曳绿滋繁。
谁倚吟窗下，轻怜抚月痕。

惜 春

犹恋花蹊日曛，不胜潇雨寒云。
谁知此刻春去，留赠骚人几分？

心随明月上高楼

青山对望立洲头，拂面凉飔别样柔。
渺渺波涟千里雪，霏霏雨暮一襟愁。
更催激浪酬鲨鼓，且把新诗和棹讴。
应是晴开端午节，心随明月上高楼。

夏日漫吟

夏日正高温，新蝉闹舍园。
柳丝摇热浪，香荔出篱藩。
凉影皆由静，疏襟未觉烦。
云花留几朵，点缀小亭轩。

夏　至

澄穹淡淡晴，拂面晓风轻。
池静新荷立，窗明朗旭迎。
遥听云外啭，叹爱茗中情。
松爽应如是，高吟出九楹。

小 暑

炎光已十分，何处觅凉氛？
风静频摇扇，蝉喧不忍闻。
漫烹铁罗汉，叹看火烧云。
最是空调累，晨明到夕曛。

大 暑

榕城大暑天，烈野起燋烟。
怜看纤纤柳，烦听切切蝉。
暖风熏闷倦，曙月照无眠。
试问清凉意，何时到枕边？

处 暑

前时微雨此时晴，日照沙洲薄雾轻。
霞岫犹添千点绿，荷塘尚有数枝横。
砚边淡墨随心转，窗畔低吟共鸟鸣。
自是清宁闻百籁，闲庭隐约送秋声。

立 秋

秋溟清澹又飞红，初霁微凉透碧空。
浅梦不知谁絮语，原来问候是商风。

清 秋

晡夕再登楼，残霞为我留。
疏怀融岫色，尘意伴云游。
觞咏邀花笑，空杯对水流。
何言今与昔？回首恰清秋。

癸卯中秋有吟

榕城此刻暮飔柔，娥月婷婷上小楼。
笔健且舒廊庙志，情酣恰合晚甘侯。
无方来去无穷意，不计悲欣不复求。
吟想桂花香正好，几多摇落在中秋？

甲辰中秋有吟

屏山晓月照虹楼，轻醒依稀浅梦浮。
砚席吟叹茶暖暖，萧斋倾听鸟啾啾。
檐楣金菊黄尤灿，院角新篁绿更稠。
风掠霜阶笺上落，平添秋色几分柔。

天凉好个秋

霜飓入梦更轻柔，向晓吟窗月一钩。
庭外苍黄秋正好，诗家有意几时收？

秋日杂感

如纱愁雾笼长洲，寥寞空江独自流。
多有骚人千古叹，吾侪何必再伤秋？

秋 夜

花笺疏影空幽，新墨难消古愁。
本欲高声叹咏，恐犹相扰清秋。

秋夜吟（诗怀）

诗怀如夜微阑，孤月低徊曲栏。
砚北拈毫介静，南斋试茗衔欢。
世情相似今古，心路无非窄宽。
笔下多些暖意，抵它几度秋寒。

秋夜吟（秋明）

秋明夜未央，邀月入兰堂。
弦外听遏籁，杯中叹暖香。
酣酣吟几句，慨慨度三商。
此际无多事，苔阶数碎霜。

秋夜吟（灯火）

一

灯火寒城看万家，无非寂寞与繁华。
轻叹不意秋风听，独对霜天一月斜。

二

霜夜何堪听漏穷，此怀今古可相同？
无边冷月无边寂，谁在闲阶数碎红。

三

一盏吟灯隐小楼，相知更有晚甘侯。
月明偏向痴情处，细数笺纹点点秋。

甲辰仲秋抒怀

岂必忧嗟对逝川，乂康即是艳阳年。
犹怀瑶想犹多喜，几盏高枞几颗烟。
奇纵吟笺千籁和，繁开词圃十分妍。
心空万里何其美，梦与冰轮一样圆。

秋　怀

霜塘依旧漾轻荷，柳影婆娑泛碧波。
茉莉撷来馨北牖，清茶酌罢笑南柯。
秋音尽化苍茫意，世路无非上下坡。
襟素焉能空对月，狂吟百阕又如何？

清平乐·暮秋寄远

柳疏花弱。小院冰辉落。
一阕清词情相托。莫道红尘凉薄。
可否再上层楼？怕看无尽寒秋。
心共霜江去远，苔笺点点轻愁。

甲辰暮秋雨夜漫吟

晴方片刻雨濛濛，红萼无声落翠丛。
寥寂何从添饮兴，且赊二两晚来风。

霜　降

秋残近上冬，凉景尚鲜秾。
薄雾飘凫渚，霜江绕翠峰。
虚檐孤月淡，斗舍老枞浓。
沂咏尤恬适，依稀听晚钟。

何不拈花踏碎霜

一线晶波送晚阳，两三暮羽任翩翔。
屏山雾散晴初破，左海云开夜未央。
斜径迷离寒竹影，篱墙漫透桂丛香。
几多叶落谁曾记，我自拈花踏碎霜。

寒　露

苔阶怅碎霜，故叶叹浮凉。

飒飒商风起，轻轻玉桂香。

吴笺挥淡墨，建茗暖骚肠。

今夜逢寒露，瑶轮且对望。

壬寅冬至抒怀

乐在安康即上辰，何须怅怅数年轮？

诗吟晓月千般好，心与朝阳一样新。

茶席围炉邀胜友，桂堂绕膝伴尊亲。

且将恬美融清梦，想必醒来已是春。

迎 新

乙夜时看寒暑针，低烧消退尚昏沉。
诚祈亲长皆无恙，切盼同袍尽好音。
阴则龟潜藏善气，阳须牛饮去遗褑。
一元复始春声到，喝报瘟君已就擒。

甲辰冬至有吟

一城灯火一时新，冬至尤期乙巳春。
试茗清心诚淡雅，飞觞阔笑更精神。
无言恰可鸣初志，有道何须慕吏巾？
不若轻舒鸿渐翼，晴天之上揽冰轮。

闭 关

畦苑栖毫且小休，避嚣远俗自悠游。
天鹅跃跃清波漾，翠柳依依暖霭浮。
妙境攻书求妙道，良宵恢论共良俦。
学成再作登高赋，敢笑闽中第一流。

出 关

眷焉和喜甲辰年，勤笃初衷岂歇肩？
一意潜修多积获，三时习读勘诗禅。
方塘鉴古蛾眉月，翰苑论心小有天。
在望云途千万里，不妨飞辔著先鞭。

甲辰岁末遐想

尤溪洲畔曙风轻，一望波粼漾嫩晴。
畅想燕归榕海日，题何新句接春正？

欢度乙巳蛇年春节

赞贺新春入世遗，喜看华夏共佳期。
南飔有意催梅蕊，归燕多情抚柳丝。
爆竹喧妍迎旭景，联花红火耀云楣。
晴开榕海韶光美，裁剪轻欢化小诗。

晨 兴

莫怅秋颜槁，此心犹未老。
恬虚对苦茶，墨饱嗟吟草。
守正向修途，持中涵妙道。
晨兴万步行，先赏新曦好。

雾 晨

微霾却道何妨，新翠依然可望。
但有晴襟一片，诗中都是阳光。

小院晨景

湖山寒翠自覃平，云影娑娑暗复明。
再看霜庭红绿处，小花依旧俏生生。

晨吟尤溪洲

晴曦与我同醒，鸟啭依然好听。
洲畔流云有意，相随走走停停。

几度夕阳红

斜阳几度幻时空，蔓引吟怀可不同？
一样景西千样咏，为留鲜亮在诗中。

雨夜漫吟

檀笺初展话从头，斑管轻摇墨意柔。
窗外秋霖犹淅沥，焉能添我半分愁。

听雨尤溪洲

吟窗澹伫对阴晴，方遣诗怀意又盈。
才想何人犹唱和，原来雨点一声声。

雨中即景

此景犹和昨日同，潇潇风绪雨濛濛。
谁言冬暮无生趣，可见园中数点红？

庚子十一月初三雨晨有吟

冬暮雨濛濛，柔红落绿丛。

漫吟长短句，闲品武夷枞。

岁景虽相似，襟情大不同。

尤溪洲畔望，隐约起烟虹。

诉衷情令·风正一帆悬

飞花昨夜满榕城。云淡又风轻。

尤溪洲畔倾听，隐约有春声。

辞旧岁，启新程。出沙汀。

棹飞帆举，千里霜涛，一派空晴。

日日欢

心猿总是难，意净始平宽。
冬至何求暖，夏来休望寒。
佳声缘自在，大美出纤完。
多事亦无事，悠闲一日欢。

月夜加班偶得

清署煎灯伴走章，区区岂是退锋郎？
笺长笔掷多轻爽，点看诗瓢满月光。

夜 读

月上流云自卷舒，雁风伴读卧蓬庐。
不知明日晴和雨，只待熙阳便晒书。

静夜思

晚吹箫澹曳柔桠，寥朗尤烘一月斜。
寸碧凝望犹咏想，云花落处是谁家？

却是无言最动人

独对泠泠月一轮，调茶默叹几多醇。
何忧何虑何思量，却是无言最动人。

心 晴

洲畔望榕城，心空漾赤晴。
满江红日涌，一棹放歌行。
消暑烹金叶，吟诗和鸟鸣。
几多恬与淡，胜似晓风轻。

甘在兰襟好

忆江南·四海

　　至友，必心性相同，心德相慕，心志相合，心意相通，心趣相投，心智相当，心路相向，心血相涌，心力相助，心心相印。

　　江湖笑，千里聚兰襟。
　　赤子从来寻赤子，真心尤可暖真心。
　　何处不知音？

教师节再谢恩师

　　忆曾古镇随蓝，立雪醇听讲坛。
　　导谕修综向上，常言方正何惭？
　　难时多予支助，惘也尤施指南。
　　吾记当年启诲，此心抱朴憨憨。

蒙寅兄赐墨试作五律以谢

漱墨隐书楼，潜修几十秋。
虬枝成铁画，弦月化银钩。
自得参华妙，何须怅白头？
尤溪洲畔望，俯仰尽风流。

己亥兰月吉日
欣闻兄弟履新赋诗以贺

尊门清第世多贤，意德相徽载铁肩。
兄自睿明须展骥，弟犹愚勇愿加鞭。
砥名踏遍山和水，砺志含怀地与天。
奋起晋江池店好，进舟万里向云川。

遥寄本家兄弟

一笔难书两个吴，相期并辔啸江湖。
青梅煮酒扶风帐，活水烹茶小火炉。
秉道交游成逸契，掬诚过往赞贞孚。
愿君坌起垂天翼，不负韶华展远图。

试作藏头诗贺表弟新婚快乐

文儒夙秉本清淳，辉映天心自履真。
玉德五和铭雅训，平成百事守彝伦。
幸然交志云追月，福者同怀梅报春。
美誉之家闻鹊喜，满堂吉祝贺新人。

鹧鸪天·贺贤侄金榜题名

医道传家品第高，清门年少胜琼苞。
杏园勤学求精进，金榜题名致轶超。
迎夏日，望春潮。得时焉可负青韶？
男儿有志当舒展，来日名标柳叶刀。

寄宝岛吟友

海峡涟波漾暖晴，五缘湾畔踏歌行。
无边草碧萋萋舞，几羽凫飞恰恰鸣。
南去流云尤缱绻，晚吟诗绪任纵横。
斜阳也盼归帆起，一慰风怀别样情。

赠同袍

四海聚兰襟，清交契义深。
凝神修卷牍，浅笑对愁霖。
善守中庸道，撑持责任心。
倾怀谋一醉，登迈再千寻。

赠老伙计

一笺一笔一壶茶，云署佣书未有涯。
愿唤东风三万里，为君催放满城花。

敬赠弘一法师

一世传奇故事多，骨清如月映嵯峨。
东西塔上吟偈句，晋洛河边视笠蓑。
六艺五经藏腹笥，长亭古道起离歌。
悲欣交集成诗谶，印证天心作佛陀。

高中毕业三十周年大聚感吟

回眸卅载意遐悠，济济同窗聚福州。
昔日分弦萦别绪，今朝合调畅心头。
青霜犹忆青襟梦，旧雨常思旧井游。
一片情真犹未老，何妨再醉鲤鱼洲。

喝火令·屏山夜话

皓夜知交聚，欢言尽挚情。
再斟家酝向仁兄。
轻问屏山来去，谁解雨和晴？

宛首三千里，前望又一程。
老虽枥骥复嘶鸣。
此刻心清，此刻意纵横。
此刻满笺诗好，一醉忘留名。

知　音

兰交何似浪淘金，诚契如斯哪里寻？
趣寄雪溪烹苦茗，情融明月照清襟。
侣行遐路知来去，剪烛南斋论古今。
想问几时谋一醉，春风侍酒再高吟。

屏山夜话

一

岁月回眸倏倏过，良宵燕聚凤凰窠。
三分澹月溶茶盏，十里清飔入酒螺。
拔意飞扬君击节，豪情奔涌我高歌。
兰襟契阔千杯少，一片真心敬老哥。

二

屏山谭燕聚真儒，早有徽声出九衢。
芳茗醇和尤润下，寿觞浓福再倾壶。
信交迭岁融情志，契慕当初守本图。
趁此韶光催赤骥，挥鞭遥指向云途。

三

将辞癸卯接新春，一笑而过忘苦辛。
清咏尤须酬宿哲，冰弦不尽对俦伦。
何妨再进三蕉叶？莫问飞觞第几轮。
此刻无诗焉是我？且从笔势见精神。

四

把酒初宵聚旅朋，清谭犹忆十年灯。
不谋一醉焉言罢，欲咏百篇犹说能。
激赞唱酬多快意，澹怀交契岂听冰。
未知再进三千盏，可到情天第几层？

五

和爽金秋万里晴，良宵时俊聚榕城。
新开菊酒何辞醉，尽展霞笺且纵情。
十载回眸犹慨慨，今朝并辔赴程程。
屏山依旧云追月，谁解其中输与赢？

六

榕城几度夕阳斜，燕聚兰襟话折麻。
阔笑倾杯桑落酒，闲谭斗品武夷茶。
吟声标彻三山塔，令誉挥扬八府衙。
情重情深情未老，人间无处不飞花。

癸卯正月吃春酒

春日开春酿，飞觞多爽畅。
清谈岂自愁，诩笑皆无恙。
促膝好花拈，当空明月望。
醺风侍碧筹，共我轻轻唱。

醉知己

嘉谊当恒久，赠鞭风雨后。
情融七碗茶，趣寄龙须友。
合美叹缤纷，协恭尤抖擞。
春宵共举觞，我醉君知否？

甘在仙芽妙

人生如茶

试茗自醺酣，沉浮尽笑谈。
人生多少事，苦后始回甘。

茶　痴

平生最爱晚甘侯，乐在壶中几十秋。
意寄安溪清韵远，情随北苑冷香浮。
酬心可慰非凡客，助笔尤为第一流。
苦尽之时呼入妙，轻轻放下复何求？

焉能一日无茶

仙芽于我胜珠犀，相伴初昕与晚西。
品到微醺尤煦润，一如鱼翼入花溪。

不如吃茶去

独坐闲庭看落花，清飔如约入窗纱。
平生若问何为乐，但悟心斋吃苦茶。

听曲品茗

宵余哈乐听弦桐，更有高枞沁寸衷。
咏叹新词犹抱膝，吟窗恰是月明中。

庚子二月初八听雨品茗

闲对春霖品露芽，撷来岩韵写清遐。
武夷若是逢知己，笑问新诗可换茶？

雨夜品正岩

雨影柳风斜，萧闲赏墨花。
案边炉炭暖，正煮武夷茶。

愿做武夷山下客

酷耽不过晚甘侯，脉脉清馨漫小楼。
待得微醺挥翠管，毫尖心上一般柔。

春 茗

花影曳柔纤，晴飔入碧檐。
春光融茗雪，可有几分甜？

春宵茶醉

夕漏欢余岂忍听，萧斋月落叹清泠。
梦邀几度思来去，偏醉茶中不愿醒。

壬寅九月初八与拙荆品茗

此茶应是上仙栽，香似寒桃韵似梅。
拙室爱之同赏味，眷焉沈醉托檀腮。

庚子年午月煮茶听雨

难熬暑气飔，好雨送清凉。
叶落园中径，荷开槛下塘。
素琴添素韵，茶室溢茶香。
是夜诗情涌，笺长任墨狂。

秋　茗

霜英恰好看，何必叹秋残。
凉素描俄景，清襟揽玉团。
赓酬多宛畅，谈笑自衔欢。
暖席添炉火，茶酣夜未阑。

冬夜闲茗

月碎寒阶万点霜，轩檐翠雾掩初篁。
轻飔也识壶中茗，翩入芸窗觅冷香。

辛丑初冬品茗偶得

萧寥冬月怅空凉，幸有茶汤暖蘁肠。
喉韵何如君莫问，已然化作好文章。

辛丑仲冬品武夷岩茶有吟

申时茗饮又醺酣，苦去甘回自酷耽。
想望他年诗隐后，武夷山下作村憨。

冬寒情暖一杯茶

斗茗冬宵聚古欢，燕谈存暖不知寒。
七分醒豁三分醉，月上晴窗恰好看。

茶暖冬宵

小余试茗半天妖，纵有轻愁一霎消。
韵入吟怀香入句，诗如花雨叹潇潇。

大雪品茗偶得

大雪驱寒煮老茶，杯中月色更无瑕。
一时风起霜阶下，除我谁人数落花？

品　茗

千年骨韵藏，独异水生香。
恰似花摇影，何如月映霜。
品之添寂寞，再酌叹痴狂。
尝尽甘和苦，无非梦一场。

茗　醉

秋夜茶为侣，松炉文火煮。
杯中意未阑，壶底香如许。
漫品共轻飔，浅斟听竹雨。
吾侬醉了么？此刻何须语。

放　下

试茗泛情澜，一壶天地宽。
香浮尤冷艳，韵透每甘酸。
旋沫牵惊绪，醇红恰好看。
何如春在手，放下叹清欢。

柳梢青·茶的味道

金叶沉浮。砂壶烹煮，香韵悠悠。
漫品轻嗟，几多故事，又上心头。
无尘自可无愁。茶道曰、中和一流。
稍苦何妨，回甘时候，夫复何求？

霜天晓角·苦茗

初凉晚暮。月下芽茶煮。
金叶盏中无语。凝岩韵，飘香雾。
酌斟千百度。去来心澈悟。
尘事恰如山茗，最想忆，些些苦。

江城子·赞乌龙茶

闽茶尤可沁诗肠。

吃头汤。韵悠长。

品之又品、妙谛个中藏。

每到微醺每咏叹，三两句，也飘香。

忘情水

闽中出瑞芽，天味醉仙家。

韵冷情浓淡，香清意迤逦。

西溪须咏赞，北苑亦堪夸。

一脉初心焙，皆为忘世茶。

咏仙芽

最爱山泉煮老枞，三冲过后韵尤浓。
独钟情有多深契，不见片时都想侬。

咏北苑贡茶

心从慕向赴芝城，北苑遗垣草木萌。
凤饼龙团鸣有宋，清和澹静蕴空明。
浅斟自得青霞意，漫酌尤涵不老情。
爱甚贡茶千载韵，入喉一刹已醒醒。

品武夷岩茶

一

老枞百载出星村，脉起真源自俨存。
香似柳丝撩碧月，韵同荷影漾波痕。
漫烹助兴吟连榻，斗品衔欢隐小轩。
识得几多山水意，一声轻叹已销魂。

二

武夷佳茗韵尤长，交沁吟怀尽暖香。
苦苦甘甘谙世事，醺醺醉醉入仙乡。
今宵畅爽今宵叹，几许孤清几许狂。
且向红炉添炭火，诗成恰好饮头汤。

品安溪铁观音

一

云芽嫩碧出高寒，几许甘甜几许酸。
韵化杯中生霁雾，香凝壶底胜旃檀。
泠泠洌洌多欢趣，爽爽清清可赞叹。
愿赴安溪知己聚，一瓢净濑煮春团。

二

茶乡翘慕骋霜蹄，丛翠蟠青石涧栖。
品韵还如听竹雨，闻香好似入花蹊。
初尝嗟苦多开悟，再试回甘自掇醯。
三五知交鸣素意，回眸林下月成溪。

一七令·咏武夷岩茶

茶。
凤草，龙芽。
形展脉，色分沙。
岩韵如雨，醇香似花。
撷南川灏气，凝墨客情华。
浓淡意归可赞，苦甘心化堪夸。
鸣棹千里武夷下，一品红袍醉了咱。

一七令·咏安溪铁观音

喝。
金枝，玉叶。
岭上种，明前撷
韵雅如月，香清胜雪。
啜之地天涵，思之山水阔。
中外远客怀想，今古骚人叹绝。
无如云策赴安溪，新友故交品老铁。

情醉茶乡

此间何似小壶天，清箪疏帘聚散仙。
酥雨飘泠听燕榭，流云鳞次越层巅。
野觥一晌余情涌，老铁几杯诗意绵。
交沁襟神能不醉？始知半刻胜千年。

回甘时候

青琼泠冽去余炎，疏韵鲜浓沁舌尖。
叹醉挥毫犹豫再，丰词能写几分甜？

茶到微醺自有诗

熔炼冰心化素辞，胸中山水几人知。
春风应识咱家意，茶到微醺自有诗。

茗与诗

吟诗烹茗恰芳时，试茗悠哉必有诗。
茗化诗情君谛晓，诗融茗趣我谙知。
茗香隽永诗心沁，诗意澄高茗韵驰。
一叶茗花诗百首，诗酣茗醉莫如斯。

此心难却一壶春

武夷岩茶，胜在一个"醇"字，茶汤醇红，
茶气醇香，茶味醇甘，茶韵醇厚，茶意醇朴。
品之，叹一声醇和真好。
安溪铁观音，赢在一个"清"字，茶汤清澈，
茶气清新，茶味清冽，茶韵清纯，茶意清远。
品之，怎一个清爽了得？
南北乌龙，各有千秋，不分伯仲，皆为忘世茶。

茗中仙

嘉福澄居在八闽，苦甘寄趣有先春。
微醺时候论今古，自诩茶诗第一人。

甘在吟怀畅

学诗（缘何）

缘何撼意作诗家，好似朝阳焕曙霞。
欲辨晦明多读史，相忘晴雨且看花。
才情偏巧诚无用，器性尤清岂有瑕。
阅遍唐人三百首，一声叹尽浪淘沙。

学诗（提笔）

提笔犹常自扪，推敲再叩诗门。
鲜风一脉千载，古法千宗一源。
索句何须刻意？嵌名妙在无痕。
当时几曲吟罢，新煮春茶尚温。

行香子·学诗三载感吟

宛首三年，风雨悠悠。
问学吟坛自歌讴。
笺铺山水，墨化欢忧。
但去清愁，追清梦，蕴清休。

诗盟忝冒，无求无欲。
愿竭勤诚觅良俦。
平心论道，快意赓酬。
似花知春，蝉知夏，叶知秋。

行香子·学诗三载再吟

灯下敲吟，又历三冬。
屏山鸣和慕文雄。
但求欢喜，不问西东。
赋塘中云，湖中月，海中风。

前程写望，兼行晴雨。
一片疏襟自从容。
青春正好，诗兴何穷？
且挥长毫，舒长卷，画长虹。

行香子·学诗六载感吟

六载敲吟，尽展疏襟。
叹淋漓笺墨倾心。
不言旧事，尤惜如今。
咏风中花，花前月，月边琴。

流金壮岁，千寻诗壁。
踏歌行飞棹烟浔。
炎湖幽步，云岭登临。
醉窗边茶，茶前卷，卷中箴。

敲　吟

一

敲吟逾六载，辞海觅锵洋。
四季皆勤进，三时未怠荒。
句成犹掌抚，笔掷更眉扬。
诗事何其乐，请君看贺囊。

二

小舍自神游，推敲捋白头。
吴笺灯下展，川墨笔中流。
语境思凝妙，词锋但割愁。
吟心尤慕远，欲上最高楼。

三

三载醉赓酬，敲吟嚼嚼头。
笺疏山水意，墨遣古今愁。
韵险尤冲迈，辞清更窈悠。
诗墙题半壁，笔掷复何求？

文学的日常

晨钟暮鼓又东东，心迹还和昨日同。
素鬓青襟邀片月，吴笺川墨化长虹。
西湖细柳牵诗绪，鼓岭山泉煮老枞。
一阕歌扬望远行，何其潇洒不言中。

笺墨风流

点墨涂鸦岂为名？笔随心到任纵横。
柔毫澹漾三更月，萤案铺开万里程。
钩似竹梢飞梦雨，捺如柳线唤新晴。
笺长恰是情浓处，叹看繁花落满城。

陋室吟

一

室筑衡闾老福州，春花秋月伴书楼。
往来衿契襟怀阔，唐宋诗吟墨意柔。
心共晴飔飞雨岫，笔挥旭景去云愁。
何须时作登高赋，唯愿情酣不夜侯。

二

管他俗事百千桩，独爱吟灯映琐窗。
两腋清风飞雨岫，一襟冷月对霜江。
德循上善铭微意，道守中和蕴骏庞。
纵是尘微犹自得，天生傲骨硬邦邦。

三

此心几欲效诗仙，怎奈担簦未卸肩。
半阕秋吟凝古墨，一帘春雨落空笺。
谁谙音律堪赓韵，自诩文声又叩舷。
尽道骚人多寂寞，清樽对影慨无边。

四

虽多风雨更从容，傲立巍巍似老榕。

三忘斋青釭灿灿，尤溪洲碧月溶溶。
小家缱绻聆鸣凤，吟笔淋漓走匣龙。
若问闲来何事好，一壶秋茗读中庸。

五

辛丑回眸意习扬，尤溪洲畔已三忘。
赓酬远近吟新句，刻砥晨昏事走章。
蹄疾暮归羹藿暖，情闲禅悟茗柯香。
依然一介书生气，只愿恬恬入梦乡。

六

雨读晴耕隐犊庐，忘名忘迹忘居诸。
遥同吟社多酣畅，茗战清交自展如。
弄管天成山水画，拈毫又得五车书。
痴心痴腹痴情在，微哂憨憨一老猪。

七

回眸十载太匆匆，帆起闽川未落篷。
春逝烟花秋逝水，朝来苦雨晚来风。
犹怀使命勤耕读，不忘初心得始终。
半百了知留半醉，一壶浊酒笑谈中。

八

漫拈筠管作新篇，何叹霜华忆旧年。
诗意犹如茶意暖，笺花更比菊花妍。
尤溪洲畔观瑶斗，三忘斋中听雪弦。
禅悦此心空又满，相迎明月到窗前。

九

人到中年岁到秋，襟怀澹澹有何求？
竹轩已忘悬刀梦，吟席闲烹不夜侯。
风绪轻舒三折笔，心尖焉系半分愁。
花笺岂止些些墨，更映霜天月一钩。

十

时闻雀喜甲辰龙，纵已知非岂放慵。
挥墨常嫌绡楮短，敲诗更有好茶浓。
春拈烟蕊馨蜗舍，夏卧凉阴谢老榕。
万里晴飔堪作伴，何妨随我到巅峰。

十一

砚海无边自弄潮，笔飞飘洒拂丰霄。
甲辰除改犹轩奋，辛亥遐栖再挂瓢。
蝉腹研芳欣饮涧，鸿襟对月且鸣箫。
风光总在千山外，老骥兼程任路遥。

十二

十载之前返故闾，几畦文圃事经锄。
窗推云散一襟月，茶煮香凝半卷书。
墨化淡浓嗟往素，诗吟苦乐慨当初。
此心已入康庄境，满纸风骚自亘舒。

十三

人生谁说甚无聊，半卷诗书共夙宵。
弄月相看添皎爽，拈花一笑远尘嚣。
多情恰似风依柳，大爱还如海涌潮。
三不五时尤自得，吟声破闷入云标。

十四

人生好似溯惊滩，几度愁来几度欢。
问学勤诚求博实，为身拙朴但平宽。
亏成持分何须怨，得失随缘岂必叹。
半百回眸知孟乐，千金不换此心安。

十五

爱在榕城已十秋，也曾欢喜也曾愁。
友于闾左无双士，笑傲闽中第一流。
诗叹千回题柱志，情凝半盏晚甘侯。
知非知足知温度，除却平安不再求。

西江月·诗茗趁年华

谁懂幻缘来去？谁知尘世悲欢？
几时成美几时难，换作几声轻叹。
不若情融春茗，何如墨洒花笺。
半酣半醉再高眠，明月依依枕畔。

鹧鸪天·自得其乐

本是心慵任寂寥。何堪春暮雨潇潇。
且将幽兴消残漏，再引高情向碧霄。
香茗煮，素琴调。南斋抒笔自逍遥。
天然怀抱天然趣，不问芸芸闹与嚣。

诗之乐（日咏）

一

日咏千篇不足奇，悠然得趣几人知。
清馨斗室无浮物，笑说书生只有诗。

二

溯回唐宋引辞源，砚草成茵半亩园。
畅在毫心醑在墨，鏖诗昨夜又抢元。

三

一轮明月入吟窗，交映笺花影迭双。
宿鸟啁啾犹唱和，似乎也识福州腔。

四

一盏吟灯隐小楼，墨花浓淡尽悠柔。
此心何似桃源客，只计幽欣不计愁。

五

相磋诗道可参言，汲古循今溯本源。
诚恐不明宽窄韵，挑灯再读十三元。

六

笺上书怀但阖开，和音协韵始成才。
清辞偶得心狂喜，笑唤风姨取笔来。

七

吟坛负笈老蒙童，试笔唯求创意丰。
半亩砚田多垦草，来年春到醉芳丛。

八

飞瞰江城百尺楼，浮云逐日过寒洲。
吟风更比秋风劲，笑问笺长足够不？

九

试笔骚坛愿遄优，书田耕作岂停休。
长笺百韵方吟醉，已是霜天月满楼。

十

爱寄弦诗岂写愁，笺花对月化清柔。
何须得句惊天下，只要伊人一点头。

千年词韵入三江

自古清辞出本邦，侪流能不爱词腔。
霜天晓角声声慢，烛影摇红字字双。
尺素千言融漆砚，毫尖三折弄青釭。
仙韶曲调皆吟遍，敢醉闽中万里江。

盛夏鏖诗

炎暑鏖兵任墨狂，醺醺如饮太和汤。
行吟自有情融景，漫咏何论抑或扬。
笔意翩联题素壁，清辞丰美满奚囊。
屏山雅集抡元又，一展诗怀对艳阳。

吹　牛

日吟百首意如如，诗兴排云任卷舒。
本欲敛毫图静外，奈何天赐五车书。

诗　狂

六载敲吟回首望，四时唱叹已痴狂。
花前研透金壶墨，月下雕搜锦绣肠。
摹写何尝成国手，小诗亦可压全唐。
会须再咏三千阕，愿与坡仙共玉觞。

诗群有话好好说

何妨存异但求同，岂必唇枪论予雄？
坡老当年鸣有宋，也曾褒语对荆公。

题屏山雅集

屏山日日引新潮，昆友联吟任迩遥。
乙夜好诗犹百首，清晨微信已千条。
三才笥腹多丰秀，五色衷肠岂俭凋。
交映冰心皆雅契，春秋冬夏醉芳宵。

行香子·题壬寅早春屏山雅集

霁夕南州。古巷春柔。

择良时、欢聚鸿俦。

福茅美酝，酸喜珍馐。

伴云浮凉，柳摇影，月成钩。

醉步飘悠。直上高楼。

折枝优、谁拔头筹？

斗歌千阕，快意赓酬。

但扬诗心，遂遐志，竞风流。

千千阕歌

吟坛担笈自兼程，暑往寒来乐砚耕。

疏展襟怀山水阔，深藏腹笥鬼神惊。

折枝句炼心犹醉，小律音谐意更醒。

只爱笺花三两朵，管它诗史有无名。

题壬寅早春屏山雅集

春信然然到福州，三坊七巷聚良俦。
疏襟相对桃源客，丰格宗推第一流。
诗力绵绵凝厚意，茶香脉脉沁心头。
会须痛饮千杯酒，揽月摘星楼外楼。

癸卯上巳屏山雅集

上巳清和柳意柔，屏山雅集话从头。
觞弦无尽梨花酿，恢论尤酣不夜侯。
锦绣文中添锦绣，春秋园里赋春秋。
风流人物今朝看，试问闽都谁比俦？

帆扬海峡伴春归

一

帆扬海峡伴春归，再聚榕城叹久违。
对酌千杯浑不醉，赓酬无尽畅心扉。

二

犹涌心潮拍石矶，帆扬海峡伴春归。
良俦倒屣欣迎候，何待轻轻素手挥？

三

思慕多年分两地，遥同可懂诗中意？
帆扬海峡伴春归，一咏一觞谋一醉。

四

情尤深处自依依，诗侣相酬尽吐辉。
回想当年曾会约，帆扬海峡伴春归。

步韵敬和胡老哥
兼呈屏山诸吟友

屏山有幸结诗盟，酬唱犹多金石声。
左海吟风添厚意，西湖弄月鉴深情。
大师德望擎麾帜，后学心修重素行。
愿唤春飓三百里，与君并辔赴新程。

赠榕老师

诗已无双多寂寞，轻挥香袖归云壑。
趣凝山茗尽清欢，闲看花开花又落。

春光好·贺榕老师生辰快乐

屏山下，借东风、喜相逢。
指点律声真谛，太从容。
翠墨漾开潮信，云笺并走蛇龙。
来日随岚峰上立，看长虹。

赠郑吟长

爱听清啭又窗开，谁解天真老小孩。
博雅诗标随口出，修持福慧自然来。
不求庭下豪亍拜，只愿篱边墨菊栽。
情似一泓山涧水，心头哪里有尘埃。

赠陈贤弟

天地皆为金石友，秋吟胧月春吟柳。
若君早出一千年，何止唐诗三百首。

赠卢师兄

杏苑名驰近卅年，吟坛独步赧诗仙。
高情化作星和月，点亮榕城不夜天。

甘在风情雅

林阳晚梅

孤心从不惜余花，深隐空山偶影斜。
只愿林阳听梵磬，清香一瓣落袈裟。

赞　梅

潇潇清影一眸收，脉脉余香沁故畴。
雪意未融依瑷砌，芳音先报闹枝头。
只将大美酬知己，忍把孤心付涧沟。
莫道红尘多叹憾，花笺留句遣千愁？

咏墨兰

浅浅叹疏慵，轻轻抚玉容。
迎春心早许，不问夏秋冬。

咏 莲

迎风翠叶自轻盈，梦雨成珠更晶清。
不染尘泥尤淡洁，孤心莫问与谁争。

赞茉莉花

争甚人间第一香？幽姿绰约倦梳妆。
月光犹逊三分白，清影千年隐巷坊。

咏水仙花

应是洞仙栽，裳裳不必裁。
冰颜方浅笑，已有暗香来。

小花说

无意夺花魁，韶晖任去来。
自然春等我，何必要先开？

一七令·咏榕

榕。
劲拔，葱茏。
根入石，干凌空。
繁叶舒展，气须达通。
夏来凉飒飒，秋半月溶溶。
荫护庆门左右，瞰临坊巷西东。
植标有宋传今古，再唱千年左海风。

咏 竹

天拔心根蕴伉行，待须春信便滋萌。
繁枝展叶如青箭，劲节凌云似翠旌。
摩诘诗中方寄傲，板桥画里又寒鸣。
平生堪作金兰友，赠我柔毫写我情。

咏红叶

离枝岂忾叹，含笑对霜寒。
回首千山外，飞红恰好看。

咏文竹

丰姿尤绰约，修态多清弱。
千载看孤标，从来都寂寞。

步红楼诗韵咏白海棠

前身应是出名门，不世孤芳立石盆。
澹澹冰颜尤习静，微微浅笑更销魂。
去留携月犹萦梦，冷暖随风岂蹙痕。
雅似卿卿堪作伴，一同入妙醉晨昏。

步红楼诗韵再咏白海棠

岂甘俯首入侯门，但可孤心守瓦盆。
清韵犹羞天下色，素颜还映月中魂。
一帘秋雨知高迹，十里春风醉笑痕。
惯看红楼尘梦醒，真真假假判明昏。

咏春雷

春暮雨相催，一时天鼓擂。
既然心早醒，何必待惊雷？

咏 云

高处独安居，天随漫卷舒。
神飞尤飒爽，气聚恰凝虚。
化雨怜阡亩，呼星伴晚锄。
行藏皆得意，谁识此心初？

咏秋风

漫卷商云向远方，千山红遍见雄苍。
长亭浅唱怜黄叶，饯席孤吟对碎霜。
曾入大苏青玉案，又看小晏满庭芳。
从来最解骚人意，邀月撩开半亩塘。

咏秋夜

一

秋籁唤初凉，诗衢夜未央。
兴来呵冻笔，融化一笺霜。

二

秋清月沁凉，交映水中央。
上下寻疏影，心头尽碎霜。

三

高秋月湛凉，弄影院中央。
一任风摇落，融为满地霜。

赞莆田木雕

演承百载技孤超，雕刻精微意独标。
自有国工兴化府，谁言朽木不能雕？

赞老版细支三五

烟出英伦久未尝，深深吸吐十分香。
诗情激涌边韶腹，灵感冲流五色肠。
半颗已成长短句，一支更入白云乡。
奈何此物难求甚，唯恐抽光箧里藏。

稿　费

匡咏何求稿酬，金鸿偏谓查收。
莫嫌润格无肉，总是蚊蝇一头。

题世界读书日

闾巷且安居，闲来爱读书。
中庸研孔壁，大学探周除。
楮翰多修雅，言行但慎初。
遨游灯塔在，心海自涟如。

鹧鸪天·读书好

今古风骚出雅儒。纵横才气蕴清殊。
漾开烟墨馨怀抱，吟得花笺自展舒。
千秋镜，五车书。学成求信意何如？
芸窗偏有梨花月，更有知心柳几株。

最是书香能致远

中境葱菁总是春，华篇积学自传薪。
文风万变皆谐律，化道无形贵出新。
诗咏深宵犹未寐，词填半阕已娱神。
明朝更胜今朝句，珠唱千年可醉人。

一七令·作文

言。
立论，开篇。
情为本，意当先。
声似霜磬，句如缣纶。
新清凝秀骨，奔激入云川。
裁琢了无泥古，出奇贵在空前。
何须千载摹唐宋，一畅吟怀笑谪仙。

临帖有感

一

一方拓墨一笺麻，笔运如风幻绮霞。
临帖但求酣且畅，何望名重作书家？

二

摹帖寻真自克勤，一笺一笔一犀纹。
墨挥恰是淋漓处，何似青峰过碧云。

三

毫挥砚海墨云开，点撇钩横任运裁。
笔意绵延成五势，情生顾盼自然来。

听《虞兮叹》

一

遥闻烽鼓战云低，风卷寒川怒马嘶。
忽起楚歌星月黯，霜锋一闪叹唯兮。

二

悲嘶老骥向重围，月落青川剑影微。
纵得英雄都是胆，何堪挥泪对虞妃。

三

血飞如雨剑光寒，力竭何能越雪滩。
冷月阑珊回首处，虞兮千古一声叹。

醉花阴·武夷喊山

闽北雪芽今撷采。高喊醒渊岱。
春到武夷山，欲觅红袍，坑涧千年在。

梦游九曲三千界。峰峭浮幽霭。
清品老枞香，俱醉心神，月上溪边寨。

贺首届中国电视剧大会成功举办

今朝鹭岛起雄风，辉熠荧屏更显融。
才聚五湖和四海，客邀南北与西东。
尤多好剧尤多彩，别样声情别样红。
遥指云途当骋迈，一挥广袖接长虹。

甘在行晖壮

漫步人生路

漫漫红尘路，寻幽千百度。
忧欣已遍尝，舍得曾开悟。
荒署未休耕，吟坛且独步。
烹茶苦后甘，但有香如故。

回琅岐

慨叹卅载未曾还，老厝难寻往昔颜。
日暮乡关舒望眼，旧交唯有白云山。

贵安行

空蒙雨意透微寒，一路欣欣赴贵安。
云岭葱芊连柳郭，敖江锵涌越明滩。
杏园漫步萋萋草，静境烹茶淡淡欢。
大好时光堪慢享，与妻相倚望烟峦。

西湖剪影

一

萋萋草木映晴曛，黄嫩三分绿七分。
风送斜阳尤恋恋，一时吹皱满池云。

二

一湖明澈漾春柔，半掩丘亭篁径幽。
踏碎轻歌回首处，诗心已跃柳梢头。

三

柳掩平湖过木堤，凉风澹澹雨迷迷。
怅然此景春将尽，遥送霏红落水西。

四

风过桥虹弱柳斜，人稀鸟倦渐无哗。
平湖上下浮清影，轻漾柔纤一树花。

游福州西湖

一湖清澈卧虹栏，亭景岿巍对翠峦。
春卷柴帘花影动，秋酬菊酹笛声寒。
又陵在此观三曜，少穆于斯勘百端。
胜处从来多故事，后人痴读到更阑。

谒林觉民故居

不知庭树几时栽，一任春秋雨点苔。
绝笔重温尤切叹，旧坊可有故人来？

漫游坊巷

坊巷之间走一遭，琳琅满目热嘈嘈。
鼎边蛎饼和烧卖，纸伞头梳与剪刀。
同利喷香肉皮燕，西夷火辣麦当劳。
繁华尽夕多情侣，牵手长街吃雪糕。

古巷吟春

春归古巷几人知，寂寞篱墙拂雨丝。
檐翼欲飞多少载，阶篁新发两三枝。
花前闲步生禅悦，月下敲吟觅小诗。
襟契寥寥何必叹？自然酬唱有轻飔。

雨中坊巷

栖游榕海雨纷纷，漫问春深又几分？
遥看巷坊寥沉处，流苏一树恰如云。

春在福州

飞瞰嘉时福州，依然万种春柔。
柳湖新燕鸣翠，榕厦游云探幽。
坊巷酤湑远客，东街嬉宕鸳俦。
如斯花月真好，怎不牵吟醉眸？

韵满家邦

史赞侯官誉五湖，书香一脉出闽都。
林阳燕语梅三弄，左海箫吟柳几株。
庙社文章多俊弼，巷坊风采尽瑰儒。
今朝再看屏山下，万里诗涛入画图。

情牵闽北

三年闽北不曾还，唯寄浓情水墨间。
只待闲舒当返棹，再随春到武夷山。

巨口山村之夜

山泉烹茗叹甘馨，丛筱虫鸣恰好听。
风过霜村尤爽逸，此时对望满天星。

甲辰九月初二雨中过斜溪村

蒙蒙凉雨过斜溪，滴翠丛林掩木堤。
秋水一泓堪照影，轻投石子破尘迷。

刺桐行（紫帽）

一

紫帽峰巅尽郁纷，夏花正好又逢君。
新交侑酒情犹切，旧雨煎茶意更醺。
自古铦锋千载淬，从来丰获四时耘。
扬歌纵步天涯路，你我同怀万里云。

二

不忘心盟赴刺桐，晋江两岸揽秋风。
新朋交识情三鉴，老友言欢酒几盅。
胜践安平寻古迹，瞰临紫帽笑时雄。
书生意气今犹在，再起晴川万里篷。

三

殷冬乘兴赴闽南，胜友重逢意更酣。
晚照围头烟屿远，斜晖金井箭波蓝。
溪边煮酒须高咏，月下煎茶且静谈。
登揽戴云舒望眼，临风醉赋好儿男。

四

当年幸甚识才雄，契阔重逢酒一盅。

紫帽巍巍河晋洛，斜曦畅畅塔西东。
情浓恰有生花笔，心醉犹寻褚国公。
又是新晴千里望，云帆正举破长风。

五

遥思泉郡忆当年，互契交游尽隽贤。
登塔入云云隐幻，乘桥接海海无边。
村茶一盏添诗兴，杜酝千杯醉角弦。
只待壬寅春霁日，故程再赴舞吟鞭。

六

尊门清第世多贤，意德相徽载铁肩。
兄自睿明须展骥，弟犹愚勇愿加鞭。
砥名踏遍山和水，砺志含怀地与天。
奋起晋江池店好，进舟万里笑云川。

七

从来情契两依依，相拥良俦叹久违。
半晌觞弦开蜃阁，一壶茗雪沁心扉。
欢颜莞尔尤舒畅，嘉趣油然已忘机。
鞭指东南登紫帽，共看绝顶暮云飞。

八

清源真境印心苗，五店长街醉俚谣。
风落草庵叹梵响，月明安海踏虹桥。
追云紫帽听膏雨，寻燕梧林醒柳条。
新岁尤期知己聚，共看晋洛起春潮。

九

暮春再访刺桐城，挹慕经年会俊兄。
紫帽峰巅撩绿线，安平桥畔赏朱樱。
笑谈剪烛千金意，契阔倾杯手足情。
畅想尤多随句出，心空万里尽开晴。

十

温陵弭辔会知音，挥洒韶晖趁祗今。
安海平桥寻宋韵，草庵空壁悟金箴。
倾怀鸣和千觥酒，点翠裁红万里浔。
塔矗东西尤望远，春风回首笑吟吟。

刺桐行（翘首）

翘首东南慕俊雄，行囊早拾启青篷。
于何赠友颇思量，指引春风到刺桐。

刺桐行（可望）

可望二月新柔，再聚温陵故俦。
丰泽晴虹灿烂，晋江云影飘悠。
一觞一咏欣畅，时景时情忘忧。
顾唤春随左右，共看醉趣风流。

秋游永泰

大樟溪畔觅余秋，心共霜飐自在游。
斗茗纵谭嵩口镇，飞觞酬咏谢家楼。
一般雅谊千般好，千样佳思一样柔。
乘兴登高南北望，月洲清影醉吟眸。

西江月·永泰一日游

恰是暮春余霁，从游永泰诗翁。
大樟溪畔望葱茏，更有微风轻送。
庄寨聆听往事，古街信步从容。
芦川故里叹词雄，试问此心谁懂？

西江月·芦川故里觅诗翁

嵩口陶春正好，月洲初霁微凉。
桃花溪水绕烟篁，庄寨柳风和畅。
吟席真朋酬唱，青红佳酝交觞。
此时再咏贺新郎，浩叹千年回响。

甲辰暮秋汀州行

秋暮下汀州，霜飔分外柔。
凉波尤潋滟，晴照正繁稠。
惠吉门飞棹，店头街畅游。
呼来三五月，相伴上高楼。

鹭岛行

冬杪霜晨鹭岛行，心驰辔纵鲁飔轻。
佩囊赠友无多物，只是榕城一片晴。

游潮州过广济桥

直贯长虹广济桥，夕分晨合转纤腰。
雨残远眺花飞岫，晴碧铺观月听箫。
九百年来凝古澹，一帆风过叹翩飘。
岂巍楼堞尤雄伟，望断韩江万里潮。

甲辰仲秋徽州行

霜飔潇洒越寒丘，柳郭朦胧绕碧流。
漫起轻歌抬望眼，云花归处是徽州。

泉城游

济南行旅任逍遥，楼上超然望玉娇。
趵突泉边心水涌，大明湖畔柳丝飘。
芙蓉街市尝嘉馔，宽厚里间听俚谣。
曲水亭前盘腿坐，凉飔柔澹扇轻摇。

曲阜游

曲阜谒真儒，栖游十二衢。
书声闻稻舍，习静看乡夫。
斑驳羹墙在，清尘俗累无。
一弯明月出，恰好照心湖。

青岛游

岛城遗筑荟东西，八大关前幻彩霓。
舟发金滩迎浪吻，山登绝顶与云齐。
栈桥日落鸥飞影，烟屿风清月满蹊。
若问漫游何所乐，一觥且尽五升啤。

寻 芳

谁言四月暄萋尽，沂溯青溪觅涧芳。
野径弯弯凝浅露，笤篁簇簇透晞光。
偶闻鸟啭添生趣，轻拂浮烟醒梦肠。
抬首已然开阔处，一丛晴碧一丛黄。

茶乡记忆

忆犹驿岭白云栖，友执烹茶乐咏题。
想是此时春焙好，今宵一梦到安溪。

茶乡春山行

佳境又开新，云溪不染尘。
围炉添暖意，把酒自忘神。
满座皆知契，诗心已破春。
一杯茶正好，静候有缘人。

春日踏歌行

花朝节序恰雍融，收拾诗囊又向东。
隐隐云歌凝雅壮，绵绵烟岫望菁葱。
襟怀且对清穹展，心境焉和昨日同。
兼夕程程千万里，呼来赤骥驾春风。

庭 前

春雨迷蒙望翠微，巢南依旧燕将归。
初篁摇曳娇姿弄，是否明朝绿更肥？

窗 边

老枞漫品自怡情，淡看吟窗幻雨晴。
鸟啭似乎知我意，悠然轻和两三声。

暮登鼓山

岑岭自跻登，流云似可乘。
瞰临寥廓处，已是万家灯。

秋　游

极目霜天叹嫩晴，漫游郊野赏秋英。
行歌欲共流云远，步履和风一样轻。

江畔行吟

霜江入望碧粼粼，不尽烟峦漫绿茵。
何忍寒洲空对月，挥毫先绘一枝春。

春　语

春日上屏山，徜徉雾野间。
花丛听妙啭，岩下觅淙潺。
柳信随风至，轻云伴燕还。
兰时须作赋，岂可负芳颜？

甘在联花灿

献给亲爱的爸爸妈妈

共春留榕厦，高枕堪能圆好梦；
恰天赐良园，晚晴尤可享清欢。

贺母亲大人八秩寿诞

喜听玉漏声声，祝延南岳寿；
再撷冰轮滟滟，献梦北堂萱。

送给吾儿

今古三千年霁月，尤钟茉秀；
纵横九万里流云，只为飔清。

祝贤契生日快乐

陈情恰好，怀芳翰尤馨茉莉；
展翼于今，共晴飔笑瞰春山。

自　勉

观天人气象；
作自己文章。

自　题

俗境尤能藏秀气；
此心难得是天真。

贺家妹乔迁

新筑花开，绮情尤煦暖；
小轩月霁，好梦自恬安。

已亥本命生辰自撰联

用舍由时，胸中捭阖山和水；
行藏在我，笔下纵横地与天。

庚子年贱辰自撰联

声声尤隐远，百韵但涵千载事；
步步且登高，半山可望一江春。

辛丑年贱辰自撰联

明月半帘，水墨一笺，多情笔下尤长乐；
青衫一袭，苦甘半百，无事心中自永安。

壬寅年贱辰自勉联

至诚不败，自有皦心成大好；
尽善弘休，纵然不语胜清徽。

癸卯年贱辰自撰联

三忘斋中，霁月初明叹醉墨；
尤溪洲畔，云帆正举破长风。

甲辰年贱辰自撰联

遇合于时，俯仰之间成大美；
尽其在我，功名以外得闲休。

壬寅正月廿六自撰联

何必世人皆懂我，知音三两；
且邀春影共吟诗，佳趣万千。

试撰一联记春分吟醉

情如杉月柔，一时醉笔都成曲；
心共春风醒，昨夜笺花落满襟。

壬寅春日自撰联

风云笺上过，淡墨催生三月雨；
诗酒梦中酣，清歌唤醒满园春。

壬寅立夏自撰联

看上下千年，孤怀只对泠泠月；
许纵横万里，豪气时迎飒飒风。

壬寅孟夏自撰联

书生无所有，不过寸心寸意；
天道本于中，无非一吸一呼。

谷 雨

梦醒春风渐远，一帘花雨；
兴来诗意尤浓，两袖溪云。

壬寅季月自撰联

风标千里路，弥坚素志浑忘我；
月映一笺诗，独抱清襟别有天。

赠民兄

去来会意，筚路当能交辔远；
彼此同怀，推襟自可共情长。

赠好友祝生辰同乐

庆门生俊秀，担笈江城，展骥四衢尤爽迈；
丰矩出英雄，扬帆左海，鸣舷千里自铿锵。

赠予东坡

满纸孤清，只把新诗吟与月；
一生瑰迈，已将故事煮成茶。

赠吟友

墨洒笺长、笺美墨浓，一派诗情洋溢；
心由笔走、笔随心到，十分才气纵横。

折枝"清、高"三唱

千载清吟谁得趣？
此番高唱我抢元。

学诗有感

长吟且抒怀，情融佳句；
清兴何成趣？意发新声。

更上一层楼

勘古今、悟苦甘，试问何来不快？
明舍得、知进退，自然别有洞天。

怎一个爽字了得

风流似此闲，几曲清歌飘左海；
疏朗何其好，一襟晚照对屏山。

忝入中国楹联学会、福建省楹联学会

一方净境，试看谁得趣；
十邑良俦，莫笑我沽名。

画意诗情开好局

屏山雅集，聚十邑良俦，论道平心，同耕一亩三分地；
左海诗声，凭满腔豪兴，赓酬快意，共赋千年四季春。

为海峡出版发行集团成立十五周年撰

耕发四时，从此书香传四海；
砥行千里，更将墨彩染千峰。

祝第四届 IM 两岸青年影展成功

棹歌激荡时，一帆风举；
光影斑斓处，万里潮来。

祝福建省楹联学会第四次
会员代表大会圆满成功

八闽骚客、松墨尤浓，共写千般美景；
四届楹坛、花笺再展，又成一副好联。

甘在心城净

吴亦拔

姓吴名睿字翱翔，有福之州是故乡。
童幼琅岐观曙斗，少年延郡沐朝阳。
虚怀担笈专科校，净耳修持热闹场。
傲尔焉为朱履客，影然岂作退锋郎。
槐衙上下研尘务，兰署晨昏事走章。
负学平生堪器使，蹉跎不惑但穷忙。
三余惯看三分国，燕叙频添燕羽觞。
唯孝唯诚唯善道，守柔守拙守真常。
偏怜雪朵和梅朵，独爱茶香与墨香。
鬓影斑斑磨铁骨，情惊汩汩出钢肠。
中秋醉揽中天月，半夏扬馨半亩塘。
展骥四衢犹爽迈，叩舷千里自铿锵。
先鸣素概华林寺，已试诗声宛在堂。
夙志还存催骏力，坚心讳老笑冯唐。
烟江泝溯春初破，紫陌摇鞭夜未央。
用舍行藏皆运握，谪仙赠我几多狂。

不是所有依伯都叫亦拔

暖暖福州男，心头只有憨。
已忘千迭累，笑对万钧担。
恬养知清悦，修持远罔贪。
澄居茗正好，诗社墨尤酣。
笔意辉瑶斗，吟风化翠岚。
习常思孔孟，何必问瞿昙？
善气多嘉友，诚怀尽美谈。
澹看高与下，了悟苦和甘。
绕膝慈亲乐，画眉柔爱含。
尘襟时浣涤，器抱自泓涵。
道载阴晴雨，言诠一二三。
先鞭犹奋北，亢志再图南。
帆举鸣兰棹，云飞纵逸骖。
屏山临绝顶，醉拥海天蓝。

最美人间四月天

珍锡良辰喜递年，尤溪洲畔拥闽川。
吴歌袅袅多铿尔，睿木苍苍自侃然。
郁郁敷英津渚上，翩翩翅影白云边。
愁襟尽洗方疏朗，晓发虽添岂邑怜。
久后随宜观久后，从前当甚话从前。
直须忘想三刀梦，但可勤耕几亩田。
畴昔回眸辞蠹物，遥程写望就新躔。
由时用舍披蝉腹，任我行藏试铁肩。
积雪将融催枥骥，雄风犹在启轻舷。
府衙伏案求微策，荒署驰毫学蠹篇。
家国萦怀情切切，宾亲叙款意绵绵。
千文申抒千般愿，百韵铺陈百尺笺。
半醉斋中留半醉，诸缘相里勘诸缘。
心灯灼灼追鸿哲，狂墨漓漓笑谪仙。
游烛寻根坊巷外，张弦吹叶鼓山巅。
六如明澈摹坡老，一笔丰筋效米癫。
昨悟恪言今悟道，晨修余课夜修禅。
骚坛论律何其妙，吟社赓酬别样妍。
雨簟烹茶邀旧雨，烟浔把酒品潮烟。
布衣暄暖无肥事，飧粥温濡有小鲜。
秋揽金飓春揽秀，冬看梅朵夏看莲。

古香脉脉馨栖憩，圆景依依沁瓮眠。

真素俨存知孟乐，立身善世得双全。

韶光未晚晴偏好，最美人间四月天。

屏山十载自风流

十载之前返故畴，偏多悲喜话初头。
千般砥砺铭微志，九曲逶迤叹远由。
三挫铓锋三奋越，几经锤淬几磨揉。
其然梁木堪崇用，既乃玙珠岂错投。
寸步虽同黄犊舍，孤心已上摘星楼。
华林斜径挥征袖，东水长街揽辔兜。
抱牍宵分天染墨，弹毫漏断月成钩。
焉伤卑隐无伤德，只计衔恩莫计酬。
真率俨存涵令质，憨诚守固蕴清休。
八闽酬聚皆衿契，六署重逢尽隽游。
世路来回寻雅士，儒书今古觅良俦。
后园蓊郁连榕厦，小筑安宜作泌丘。
槐夏方辞旋饯腊，烟春少别又迎秋。
粥羹饱暖知丰足，琴瑟和谐拥好逑。
自在堂中观自在，温柔乡里醉温柔。
晨钟暮鼓犹恬适，吐絮飞花更窈悠。
四季常怀梅柳意，五时斗品晚甘侯。
裁云片片元音撷，梳雪丝丝妙句搜。
吟席展歌尤畅畅，芸窗悬笔但遒遒。
卧听陋室潇潇雨，闲数霜江点点鸥。
风袂飘飘行左海，诗声朗朗出南州。

扪胸披腹查颇失，苦读勤耕获稔收。

滚滚红尘须趣舍，央央孟乐复何求。

一襟夕照屏山外，从此吴笺不写愁。

半山可望一江春

年韶倏忽入壬寅，鹊报嘉音又贱辰。
霜发如斯犹自寤，人生到此已冲真。
恒文向例随躔度，正果从来出眇因。
思咎思玄思古义，守愚守璞守清贫。
崇名刻己无颓志，省俭修家惜底薪。
唯善唯诚多契爱，温言温语睦芳邻。
俟时瑶想时时有，倍日唯期日日新。
墨洒校笺三折笔，汗挥荒署一儒巾。
漫吟句下吟风雨，三忘斋中忘苦辛。
剑气看教灯灿灿，箫声唤得水粼粼。
华阶披对鸣衙府，乾道肩担步八闽。
意重合交金石友，情深愿作画眉人。
盐梅灼灼传遐训，徵角聆聆忆诲谆。
绮梦醺酣醒百啭，良园天赐孝双亲。
茶坊咏赞仙芽好，雅集狂呼桂酒醇。
直上高楼明月揽，再填俪曲榜元抡。
著鞭纵辔歌长陌，催棹扬帆越九滨。
远迈川途今宛首，半山可望一江春。

尤溪洲畔

尤溪洲畔好，晚霁起长虹。
雪絮飘沙渚，烟波送箬篷。
晓鸡方寂寂，暮鼓又逢逢。
怀笔勤殚技，钦谋竞奋功。
持身唯践墨，守志自悬同。
远近皆修善，晨昏但克躬。
至诚相契处，尽性不言中。
静寄屏山月，余醒一亩宫。
时耽濠上乐，犹哂楚人弓。
深致通渊古，高歌透紫穹。
南斋研素卷，吟社作蒙童。
佳茗馨三刻，清辞抒五衷。
去来求辑睦，内外化雍融。
甘苦千金意，纵横两袖风。
梢云舒望眼，孩笑对晴空。
襟韵多潇洒，初心得始终。

云帆正举破长风

管它岁暮水流东，此刻开怀大不同。
癸卯稔收尤可喜，甲辰耕获盼登丰。
常思勤济应周事，莫道驱忙总是空。
审注眉批听漏点，甘为心膂效愚公。
未曾惭怅叹今昔，但把忱诚贯始终。
挚友推襟相作美，俦伦交志尽汹融。
外论得失犹持胜，内化刚柔岂逞雄？
协律数声情恰好，敲诗六载句何穷？
轻拈梅上几分雪，笑撷霞边万丈红。
文社和酬金石韵，艺坛负笈小蒙童。
栖游北苑寻高迹，剪烛南斋品老枞。
才咏清衢霜澹澹，又吟烟渚雨蒙蒙。
央央鹊验盈双囍，燕燕于归做岳翁。
呕暖时萦娇语里，温存早入绮梦中。
嘉夷佚乐扁舟意，恬适安居一亩宫。
且舞醉鞭催枥骥，更挥酣墨接青虹。
天然机籁成微趣，自有知音慰寸衷。
遥望潮平迎旭日，云帆正举破长风。

此心难得是天真

甲辰癸卯接年轮，幻翳阴晴又报春。
恬适自然添远兴，风流不世看儒巾。
笔耕荒署焉辞老？贞隐阄间觅德邻。
一枕黄粱谁解梦？三餐白粥且安贫。
去来无意随明晦，得失何叹对苦辛。
蜗舍齐眉馨四序，画堂绕膝慰双亲。
八闽诗友时酬和，半阕云歌已落尘。
斗茗倾怀知雅尚，飞觞醉咏见精神。
夏吟香岫盈盈月，秋赋霜江淡淡䩿。
题柱当初堪哂谑，忘机此刻乐鸥驯。
千般逸趣清平乐，几许轻欢玉烛新。
阅尽繁花多少遍，我心依旧是天真。

完美记忆

临镜抚苍颜，韶光可挈还？
前瞻心澹澹，回首路弯弯。
当惜今朝好，何伤旧日艰。
拈花馨左海，纵辔过屏山。
吟席尤摘藻，穷阶岂仰攀。
四时攻素卷，一哂对诽讪。
行漏聆千籁，迎曦步九寰。
深耽诗馥馥，叹看墨斑斑。
长咏清平乐，漫填菩萨蛮。
遏云听晚唱，鸣桌赴溪湾。
修志持生戒，披诚破义关。
休声酬雅契，徽誉出微班。
秋月依榕影，春风拂柳鬟。
絮羹甜舌底，惇爱画眉间。
酒取三分暖，茶烹半刻闲。
中年逢大美，记忆怎能删？

有一种好叫一直很好

昂首入闽都，兼称亦拔吴。

久居崎上路，落户鼓楼区。

榕海寻蜗舍，屏山隐曲隅。

少愁多妙喜，无睿有丹愚。

俗念常修剔，嚣尘不隙趋。

持中循仕道，守拙效醇儒。

高澹涵清趣，冲恬忘远图。

晨衙闻慧义，暮课灌醍醐。

静逸听千籁，凝虚勘万殊。

改除皆恰适，得失岂嗟夫？

伏案连明夜，成文一斛珠。

师从林下士，友结圣人徒。

吟社蒙青眼，鸥盟戏白凫。

鏖兵佳句涌，斗捷故俦呼。

墨洒空灵处，毫飞自在娱。

奚囊时溢满，诗意未焦枯。

丰笔犹三折，徽音出九衢。

芳洲迎旭日，坊巷赏流苏。

窗畔梅舒蕊，庭前桂蔓株。

每熬云母粥，偶啖鼎边糊。

烟味盈襟袖，茶香漾碧壶。

春来拈弱柳，冬至撷寒酥。
秋半依篱菊，夏初观郁敷。
酣眠添暖席，俸食习贫厨。
绕膝椿萱乐，画眉荆布濡。
上江原小筑，地铁口盘虞。
尤惜平安福，葆和金石躯。
甲辰增绩学，乙巳向遥途。
荒署勤宣力，书田莫旷芜。
孤怀藏气韵，一马啸江湖。

唐多令·尤溪洲畔

芳渚起高庞。峥嵘岁月长。
践初心、何敢沈荒？
雪案丹萤笺札展，墨飞处、意尤狂。

赓续谱新章。慨然千里望。
愿同袍、乙巳嘉良。
晴碧无垠风正好，一帆举、向朝阳。

唐多令·怎一个爽字了得

暮霭笼孤洲。斜阳送碧流。
飒飒风、独上高楼。
惯看此城千百遍，欣与戚、几春秋？

诗绪漾心头。写愁何有愁？
问流云、能和酬不？
载酒狂歌谋一醉，看飞棹、到中流。

少年心·沧海一声笑

万里独迈天堑。
上霄峰、拨云飞瞰。
但看霜江激滟，雪涛试胆。
日落处、尽染浮骖。

莫问英雄余憾。
胜与负、任谁指点。
拔剑光尤冷，星寒风澹。
清歌远、傲立一青衫。

少年心·诗意人生

左海好雨轻送。
却敲醒、五更清梦。
燕剪低徊水畔，柳丝漫弄。
拐角处、应是晴空。

试问冰心谁懂。
但几个、喜忧与共。
伴断云来去，闲吟唐宋。
些些墨、化一纸春风。

吴亦拔赋

闽峤毓秀，降诞琅岐。

烟雨剑津，养玉成器。

昔步杏坛，教鞭传薪火。

今游宦海，青衫秉素意。

案牍虽繁，焉辞星月之劳？

苍黎在念，长存冰雪之契。

观其仪也，松姿鹤骨，孤怀英气。

谈笑间清风相伴，行止处霁月同栖。

交友至诚，高酣燕席再飞觞。

齐家笃孝，愿暖春晖时绕膝。

掌上明珠承雅诲，梦中锦绣化虹霓。

至若仙芽煮雪，陶瓯浮碧。

胸藏丘壑，笔走龙蛇。

香燃未几，诗题半壁。

万千纷纭，自守澄明境界。

五十有五，尤明赤子心迹。

赞曰：

琅岐云气育兰芝，延郡晴波映逸姿。

绛帐三年培丽木，青衫卅载立清仪。

精勤案牍星霜染，呔墨温庐笔意痴。

岩骨花香时叹醉，春风交契永相随。

跋

什么是好诗？每个人的看法也许不尽相同。

吴亦拔初学诗词，所知甚少、所悟尚浅。不过，我觉得吧，好的诗句一定是作者从心底里流淌出来的，初看自然而然，引起共鸣；再读余味无穷，引发思考。

时间是个好东西，时间会积淀，时间会过滤，时间会印证，时间会说话……好的诗句，应该经得起时间的检验。

大院的一位老哥曾说，吴亦拔是文人。若干年后，我把一个"公式"发给他——100% 的文人 =99% 的真 +0.3% 的傲 +0.3% 的直 +0.3% 的憨 +0.1% 的才。真，必须始终都在，不多不少；傲，不妨少一些，再少一些，剩下一点点，藏在骨头里。

其实，吴亦拔算不上纯粹的文人，只是活得比较真实而已。

我的所谓诗词，是用来记录生活中动人的点点滴滴的，正所谓：花笺恰好看，韵窄意尤宽。往事成新曲，何能写得完？己亥年以来，公余漫笔，又得诗、词、联千余首，现自选若干，结集在此，送给我爱的人和爱我的人，送给所有心怀梦想、热爱生活并为之努力的人们。

　　　　乙巳年孟春于尤溪洲畔